Hersteller / Manufacturer (GPSR)
Storylution GmbH, Biberstraße 5, 1010 Vienna, Austria
E-Mail: story.one@story.one

Ronja King

Der tierische Bodyguard

story.one – Life is a story

story.one

1st edition 2024

Production, design and conception:
story.one publishing - www.story.one
A brand of Storylution GmbH

Font set from Minion Pro, Lato and Merriweather.

ISBN: 978-3-7115-1614-5

Wer gut mit Tieren umgehen kann, der hört sie sprechen. Wer sehr gut mit Tieren umgehen kann, der hört sie sogar flüstern. Wer jedoch nicht mit Tieren umgehen kann, der hört sie nicht einmal schreien.

INHALT

Welt der Wünsche

Es war einmal...so fingen alle Geschichten in seiner Welt an, in die er hineingeboren wurde bzw. seit Beginn seiner Existenz lebte. Seine Welt war wundervoll. Es gab dort alles, was man sich nur vorstellen konnte und alles, was man sich nicht vorstellen konnte, sich aber insgeheim doch irgendwie wünschte. Seine Welt bestand aus Träumen und vor allem aus Wünschen. Es war sehr friedvoll dort, denn wer sollte einem anderen böse oder neidisch sein können in einer Welt, in der man sich alles wünschen konnte, was man wollte. Alle lebten sogar so harmonisch zusammen, dass es nicht einmal das Wort "Bosheit" oder "Neid" in ihrem Wortschatz gab. Deshalb wäre es ihm nie in den Sinn gekommen, dass er diese Welt schon sehr bald verlassen musste und nie wieder zurückkehren konnte.

Eines Tages, als er gerade in den verwunschenen Wäldern spazieren ging, öffnete sich urplötzlich aus dem Nichts ein Strudel. Er versuchte nach der ersten Schrecksekunde davor zu fliehen. Jedoch zog der Strudel ihn an. Obwohl er mit aller Macht versuchte sich dagegen zu wehren und den nächstgelegenen Baum krampfhaft fest klammerte, konnte er es nicht verhindern vom Strudel verschlungen zu werden. Die Reise durch diesen Strudel war die Hölle für ihn. Es fühlte sich an, als würde er Atom für Atom auseinander genommen und anschließend wieder zusammen gesetzt werden. Die Schmerzen waren schier unerträglich. Nach einer gefühlten Ewigkeit umfing ihn endlich die Dunkelheit der Ohnmacht.

In einer anderen Welt lebte ein Königspaar sehr glücklich. Sie waren sogar umso glücklicher, da sie ein Kind erwarteten. Da die Geburt ihrer kleinen Tochter Amara nicht sehr einfach war und es fast an ein Wunder grenzte, dass Mutter und Tochter dies gut überstanden hatten, wollte das Paar ihre kleine Prinzessin segnen lassen, um so für ihr Wohlbefinden etwas beizusteuern. Denn wie konnte ein Segen schließlich jemandem schaden. Sie ließen eine Schamanin aus einem nahe gelegenen Dorf kommen, die ihre Tochter segnen sollte.

Als die Schamanin begann die Worte des Segens auszusprechen, öffnete sich ein Strudel aus dem Nichts. Unerschrocken griff sie mit einem Arm hinein und zog einen golden schimmernden Faden heraus. Mit der anderen Hand berührte sie das Kind und als sie ihren Arm wieder zu sich zog, hielt sie einen ebenso, nur in silbernen Farben, schimmernden Faden in der Hand, welcher vom Kind stammte. Die Schamanin, die immer noch die Worte des Segens murmelte, verknüpfte beide schimmernden Fäden, den aus dem Strudel mit dem des Kindes, miteinander. Sobald diese Verbindung geknüpft war und die Schamanin diese losließ, verschwanden sie und der Strudel, als wäre dies nie geschehen. Das Einzige, was zurückblieb, war ein schwarzes Mal am Handgelenk der kleinen Prinzessin, das die Form eines Sternes hatte.

Erkundung der neuen Welt

Seitdem Damian in diese Welt gewaltsam gezogen wurde, fühlte er sich, als hätte jemand ein Teil seiner Seele, ein Teil seines Herzens, aus ihm heraus gerissen. Er fühlte sich so verletzlich und verloren. Die quälende Reise durch den Strudel hatte ihn sehr viel Kraft gekostet. Geschwächt und in einer für ihn fremden Welt, fand er zum Glück ein verlassenes Häuschen, in dem er sich verstecken und wieder zu Kräften kommen konnte. Sobald er nach einiger Zeit sich etwas erholt hatte, versuchte er wieder in seine Welt zurückzukehren. Jedoch, egal, was er ausprobierte, es klappte nicht. Er saß in dieser verwirrenden Welt fest. Außerdem wollte ein Teil von ihm nicht weg, sondern an diesem Ort bleiben. Etwas in seinem Inneren sehnte sich zutiefst danach zu bleiben und den fehlenden Teil seiner Seele zu finden. Diese Sehnsucht wuchs mit jedem weiteren Tag, in dem er sich in dem Häuschen versteckte. Irgendwann hielt er es einfach nicht mehr aus und ging auf Erkundungstour.

Auf den ersten Blick durch die Fenster sah Damian, dass sehr viele unterschiedliche Kreaturen an diesem Ort lebten. Um nicht gleich als fremdes Wesen aufzufallen, verwandelte er sich in ein schwarzes gefiedertes Wesen und flog einem dieser Wesen sogleich hinterher. Er eignete sich dessen Verhalten an und passte sich so noch mehr an diese Welt an. Als er sich einigermaßen sicher genug fühlte in seiner Tarnung als Rabe, flog er weiter.

Auf seiner Erkundungstour nahm er die Gestalt vieler Wesen an und lernte ihre jeweiligen Verhaltensweisen, um sich dadurch so gut wie möglich an diese Welt anzupassen.

Der Wolf

In seiner Wolfsgestalt kam er aus dem Wald gestolpert. Er hatte sehr viele Kratz- und Bisswunden an seinem Körper, aus denen er blutete. Er konnte sich kaum noch auf den Beinen halten, er war zu sehr geschwächt durch den Kampf mit dem Rudel, dem er sich eine Zeit lang angeschlossen hatte. Sie hatten gemerkt, dass Damian keiner von ihnen und ein für sie fremdes Wesen war. Alles, was fremd für das Rudel war, war Beute und musste getötet werden. Noch nie in seinem Leben hatte er so sehr um sein Leben kämpfen müssen. Nun war er auf sich allein gestellt. Ein Ausgestoßener. Er hatte verloren. Die anderen aus dem Rudel verfolgten ihn schon nicht mehr, da sie gespürt hatten, dass er diese Wunden nicht mehr überleben würde. Die Wunden waren einfach zu tief und zu viele. Aber trotzdem schleppte er sich Schritt für Schritt weiter.

Mittlerweile hatte er nun den Straßenrand erreicht. Da seine Wolfsohren keine Geräusche von herannahenden Autos vernahmen, ging er einfach weiter, ohne den Kopf zu heben. Jede seiner Bewegungen brauchten eine immense Kraftanstrengung, weshalb er seinen Kopf hängen ließ und sich nur auf seine Schritte konzentrierte. Als er die Mitte der Straße erreicht hatte, hörte er plötzlich ein lautes quietschendes Geräusch. Vor Schreck riss er, alle seiner Kraftreserven zusammenreißend, ganz schnell den Kopf hoch, um zu sehen, was die Ursache dieses Geräusches ist. Ein Auto kam um eine Kurve direkt auf ihn zu geschossen. Er fiel in eine Schockstarre und konnte sich nicht mehr bewegen. Es blieb ihm somit nichts weiter übrig, als das herannahende Auto mit vor Angst geweiteten Augen anzustarren.

Da nun bereits die Tage durch den herankommenden Herbst kühler wurden, wurde die kleinwüchsige Prinzessin Amara von ihrem Chauffeur mit der Limousine zum Schloss gebracht. Dieser versuchte so vorsichtig wie möglich zu fahren, da die Straßen durch den Regen in der Nacht sehr rutschig geworden waren. Auf dem Weg zum Schloss mussten sie immer die Straße nehmen, die an dem riesigen Wald vorbeilief.

Als sie jedoch nun um die Kurve auf diese Straße einbogen, rutschte der Wagen durch die Nässe so sehr, dass der Chauffeur bremsen musste, um nicht die Kontrolle über die Limousine zu verlieren. Mit quietschenden Bremsen rasten sie um die Kurve. Plötzlich sahen sie ein mittelgroßes Tier auf der Straße stehen und sie geschockt anstarrend. Nun trat er noch fester auf die Bremse. Amara kniff die Augen fest zusammen, da sie den Anblick nicht ertragen konnte. Es gab nur noch einen Schlag beim Aufprall und dann stand der Wagen endlich. Für einen Moment war es totenstill um sie herum. Nur ihr keuchender Atem war zu hören, als würde die Welt um sie herum den Atem anhalten.

Nachdem die Prinzessin ihren Schock überwunden hatte, bestand sie darauf, dass das Tier in den Wagen eingeladen und zum Schloss mitgenommen wurde. Aus Mitleid für das arme Tier, das er gerade angefahren hatte und auch weil er seiner Prinzessin gehorchen musste, tat er, wie ihm aufgetragen wurde. Der Chauffeur stieg aus der Limousine, hob, dem Anschein nach, den Wolf auf und legte diesen behutsam in den kleinen Schoß der Prinzessin.

Wettkampf um die Prinzessin

Damian öffnete blinzelnd die Augen. Er war überrascht davon, dass er dies einigermaßen gut überstanden hatte. Außerdem war er auch sehr erleichtert darüber, dass er noch immer in Wolfsgestalt war und sich nicht verwandelt hatte in seiner Ohnmacht. Sich umschauend bemerkte er, dass er in einem prunkvollen Zimmer auf einem weichen großen Bett lag. Auf einmal betrat ein kleines Mädchen das Zimmer.

Als Damian sie sah, wusste er sofort, tief in seinem Inneren, dass sie der Grund für das Gefühl der Verbundenheit war. Er fühlte sich endlich komplett, heil als ein Ganzes und nicht mehr geteilt. Dieses Gefühl zog ihn immer näher zu ihr. Er konnte sich dieses Gefühl einfach nicht erklären, aber es fühlte sich einfach überhaupt nicht gut an, wenn er nicht in ihrer Nähe war. Er wusste sofort, dass er alles für sie tun und sie vor allem Bösen und Übel beschützen würde. Er musste es nur irgendwie schaffen bei ihr sein zu können, ohne dass er zu erkennen gab, dass er nicht aus dieser Welt stammte und ein fremdes Wesen für sie war.

Nachdem die kleine Prinzessin Damian gesund gepflegt hatte, entließ sie ihn in die Freiheit und gab ihn im nahe des Schlosses gelegenen Wald frei. Jedoch schlich er sich immer wieder auf den Königshof, um der Prinzessin nahe zu sein. Dabei sah er auch das tägliche Training der königlichen Garde für den Schutz der Königsfamilie. Er hatte die Männer der Garde heimlich von seinem Versteck aus ganz genau beobachtet und ihre Bewegungen nachgeahmt. Dies tat er so lange, bis er endlich stark genug war, um der königlichen Garde als Lehrling beitreten zu können.

An dem Tag, an dem dies endlich nach all diesen langen Jahren wahr werden konnte, wofür er in all dieser Zeit heimlich trainiert und sich vorbereitet hatte, richtete der König einen Wettbewerb zu Ehren der mittlerweile jungen erwachsenen Prinzessin aus. Denn nur die besten Krieger sollten Teil seiner eigenen persönlichen Garde und der von seiner Familie werden. Die restlichen Männer durften das Königreich und vor allem seine Burg, in der er, seine Königin und seine Tochter Amara lebten, beschützen und bewachen.

Während des Wettbewerbs spürte er die Blicke der Prinzessin auf sich ruhen. Er versuchte es zu ignorieren und sich ausschließlich auf die Kämpfe beim Wettbewerb zu konzentrieren, was ihm leider nicht ganz so sehr gelang.

Er kämpfte sich Runde um Runde weiter. Er wollte unbedingt in der Garde aufgenommen werden und an ihrer Seite stehen, um sie zu beschützen. Während des Wettbewerbs blendete er alles aus und konzentrierte sich einzig und allein auf seine Gegner. Durch das jahrelange Training und Beobachtungen kannte er alle Tricks und Schwächen der Männer. Damit gelang es Damian, als Sieger den ersten Platz zu gewinnen. König Tritan war so sehr begeistert von seinen Fähigkeiten und gewährte ihm seinen Wunsch als Teil der königlichen Garde Prinzessin Amara zu beschützen. Um dies zu besiegeln, trat er vor die Prinzessin.

Das Fußkettchen

Damian sank vor ihr auf die Knie und senkte seinen Kopf, um ihr, als Prinzessin, seinen Respekt und seine Ehrerbietung zu zeigen, wie es Tradition bei ihnen war. Er konnte jedoch den Gedanken nicht ertragen, dass er ihr seine Zuneigung nicht zeigen durfte. Somit riskierte er alles und beugte sich etwas weiter vor, näher zu ihr hin. Er versuchte so viel wie möglich, das, was er vorhatte, mit seinem Körper, vor den Blicken der anderen zu verdecken. Schnell fischte er das kleine filigrane Kettchen aus seiner Tasche. Ganz sanft strich er ihr über den Fußknöchel und befestigte dabei das Kettchen an ihrem Gelenk. Er konnte es jedoch nicht nur dabei belassen und beugte sich noch etwas tiefer und näher zu ihr und küsste hauchzart ihren Fußrücken.

Damian hatte geahnt, dass er die Konsequenzen seines Handelns teuer zu bezahlen hätte, aber er bereute keine Sekunde davon. Und nun war er an einen Pfahl auf seinen Knien gefesselt. Sein Hemd hatten sie ihm vom

Leib gerissen und ihn so platziert, dass sein Rücken schutzlos und für sie frei zugänglich war. Während ein Peitschenhieb nach dem anderen seinen Rücken traf und ihm höllische Schmerzen bereitete als Strafe für sein Handeln und gleichzeitig als Training zur Schmerzunempfindlichkeit, ließ er in seinen Gedanken den Moment, in dem er ihre Haut berühren konnte, immer wieder abspielen. Dies ließ ihn ein wenig lächeln und die brennenden Schmerzen etwas lindern.

Amara lief, wie jeden Tag den Gang entlang, gefolgt von ihrer Dienerschar. Sie hatte es so satt, aber sie ertrug ihre Rolle als Prinzessin mit einem Lächeln, da sie schließlich dazu erzogen worden war. Durch eines der Fenster in diesem Gang nahm sie plötzlich eine Bewegung im Augenwinkel wahr. Nun jedoch war ihre Neugier geweckt und sie drehte sich zum Fenster und dieser Bewegung um. Was sie dann sah, ließ ihr den Atem stocken, denn so etwas Brutales hatte sie noch nie gesehen. Einer der Hauptmänner der königlichen Garde hielt eine große Peitsche in der Hand und schlug damit immer wieder auf einen Mann, der gefesselt an einen Pfeiler war, ein. Dessen frei zugänglicher Rücken war bereits durch die Hiebe blutrot, dies hielt den

Peiniger jedoch nicht davon ab. So etwas Brutales hatte sie noch nie in ihrem Leben mit ansehen müssen. Als sie der Hauptmann bemerkte und auf ihn zu stürmen sah, reagierte er, wie alle anderen im Palast, wenn man sie sah: Er fiel auf die Knie mit gesenktem Kopf. Dies war die übliche Haltung, um sie als Prinzessin zu ehren. Der gefesselte Mann am Pfeiler jedoch rührte sich kaum. Sein Kopf war bereits gesenkt, da er kraftlos auf seine Brust gesunken war. Somit hatte er ihr erscheinen noch nicht bemerkt. Niemand wagte es sie anzusprechen und somit schwiegen lieber alle ehrfürchtig. Ohne weiter auf den Hauptmann einzugehen oder zu beachten, wandte sie sich an den gefesselten Mann. Mit wenigen Schritten stand sie vor ihm. Sie streckte ihre Hand nach ihm aus und legte ihre Finger unter sein Kinn. Ganz sanft hob sie seinen Kopf hoch und wartete, bis er seinen Blick auf sie richtete. „Was hast du getan, um solch eine Strafe zu verdienen?“ Sie fügte noch ein strenges „Antworte mir!“ hinzu, als er nicht sofort auf ihre Frage reagierte. „Ich habe es gewagt euch zu berühren und ein Fußkettchen an eurem Knöchel zu platzieren. Ich begehre euch einfach zu sehr und wollte, dass ihr etwas von mir bei euch tragt.“

Der Ausritt zum See

Ihr Vater, König Tritan, hatte so sehr Angst sie zu verlieren, dass er ihr nur in Begleitung von mindestens vier Männern ihrer persönlichen Garde erlaubte umher zu laufen. Doch eines Tages wollte Amara ihrem goldenen Käfig nur noch entfliehen. Auf einem ihrer täglichen Rundgänge durch das Dorf innerhalb der Burgmauern traf sie auf ihren Stallburschen. Sie schaffte es, unbemerkt von ihrer Garde, ihm die Anweisung zu übermitteln, dass er ihren Hengst bereit für einen Ausflug machen und satteln solle.

Als sie mit ihrem Rundgang in die Nähe der Stallungen kam, nutzte sie einen Tumult an einer Weggabelung aus, bei der viele Menschen aus Neugier zusammenstanden. Sie tauchte in der Menschenmenge einfach unter und sobald sie einigermaßen sicher war, dass ihre kleine Garde sie aus den Augen verloren hatte, rannte sie zum Stall. Als sie vorsichtig und sicher immer wieder verstohlen umsehend in den Stall hinein schlich, stand ihr Pferd bereits gesattelt und auf sie wartend parat. Sobald ihr Pferd sie entdeckte, galoppierte es in freudiger Erwartung auf sie zu. Sie stieß nur noch die Tore vom Stall so weit wie möglich auf und sobald ihr Hengst bei ihr war, schwang sie sich in den Sattel und schon waren sie unterwegs. Sofort, als sie mit lautem Hufgetrappel in Richtung Tormauer galoppierte, bemerkte ihre Garde es sofort und versuchte sie mit lauten Rufen einzuholen und sie aufzuhalten. Jedoch waren sie zu langsam und konnten nur noch hilflos mit ansehen, wie sie über die Zugbrücke ritt und im nahe gelegenen Wald verschwand.

Zum Glück bekam Damian mit, wie Amara ihrem Stallburchen heimlich Anweisungen mitteilte. Gerade wollte er seine Beobachtungen dem Rest des Gardeteams mitteilen, als er ihr verschmitztes wunderschönes Lächeln auf ihrem Gesicht sah. Sie hatte in letzter Zeit wenig Grund zum Lächeln gehabt. Er brachte es einfach nicht über sich ihr dies wegzunehmen. Also tat er so, als hätte er nichts davon mitbekommen, verhielt sich ganz normal und behielt gewohnheitsmäßig die Umgebung im Blick. Während sich das Team der königlichen Garde auf den Tumult konzentrierte, sah Damian im Augenwinkel, wie Amara sich unbemerkt durch die Menschenmenge heimlich davon schlich. Ohne groß nachzudenken und ohne auf etwas zu achten, folgte er ihr. Durch seine vorherigen Beobachtungen wusste er genau, was sie vorhatte. Glücklicherweise gelang es ihm durch seine sehr guten Kenntnisse des Dorfes vor der Prinzessin im Stall anzukommen. Gerade noch rechtzeitig schaffte Damian es in die Stallbox ihres Hengstes zu schlüpfen und sich in ihn, den prächtigen schwarzen Hengst, zu verwandeln, bevor Sekunden später der Stallburche auftauchte.

Eine Zeit lang ritt Amara einfach im Galopp zwischen den Bäumen hindurch und genoss die Freiheit. Dieses Gefühl hatte sie schon lange nicht mehr gehabt. Das hatte sie so sehr vermisst. Als sie merkte, dass ihrem Hengst langsam die Kraft für einen dauerhaften Galopp ausging, wechselte sie in den Schritt zurück und begann nun endlich ihre Umgebung genauer zu begutachten. Davor hatte sie einfach kein Auge dafür gehabt, da ihr einziger Gedanke war, so schnell und so weit weg wie möglich von der Burg wegzukommen. Nach einer gewissen Weile entdeckte sie auf einer kleinen Lichtung einen wunderschönen kleinen blauen See. ...

Die Entführung

Erst vor ein paar Minuten hatte sie sich von ihren Freundinnen getrennt, um nun alleine und in Ruhe das Shoppen zu genießen. Sie bog in eine kleine Seitengasse ein, in der nur wenige Menschen unterwegs waren, um zur Mitte der Stadt zu gelangen. Alleine und in Gedanken versunken, liebte Amara es durch die Gassen zu streifen. Leider hatte sie dafür nicht mehr lange Zeit, denn schon bald musste sie zurück.

Von einem auf den anderen Moment spürte Amara an ihrem Handgelenk einen brennenden Schmerz. Sie blickte auf ihr Handgelenk und sah, dass das Mal dort, das sie seit ihrer Segnung als Baby hatte, langsam verschwand. Damit überkam ihr auch ein Gefühl tiefster Traurigkeit und vor allem tiefster Einsamkeit. Es war als hätte sie einen wichtigen Teil von sich selbst, eine Verbindung zu jemandem sehr wichtigen in ihrem Leben für immer verloren.

Weiter darüber nachdenken konnte sie nicht mehr, denn plötzlich kam ein Mann um die

Ecke auf sie zu gerannt. Und kaum, dass sie sich erholt hatte von diesem Schock, wurde sie von ihm gepackt und mit seinem Messer am Hals gezwungen rückwärts mit ihm mitzugehen. Wie aufs Stichwort quietschten auf einmal Reifen neben dem Mann und ihr.

Plötzlich spürte er, dass etwas ganz und gar nicht stimmte. Damian wurde so unruhig, dass er nicht mehr still sitzen konnte, aufsprang und hin und her lief. Es wurde sogar so schlimm, dass er nur noch bei ihr sein und wissen wollte, ob es ihr gut ging. Sofort verwandelte er sich in einen streunenden Hund und lief zu der Stelle, an der er Amara zuletzt gesehen hatte. Er nutzte all seine Kraft, die er aufbringen konnte, um so schnell wie möglich bei ihr sein zu können und sie in seine Arme schließen zu können. Wenige Sekunden später stand er angestrengt lauschend in einem kleinen Park mit vielen wunderschönen Lilien und anderen Blumenarten umringt. Eigentlich hätte sie sich hier in diesem Park befinden sollen. Da Amara aber nicht zu sehen oder zu hören war, wuchs seine Verzweiflung. Er musste sie finden und beschützen, dies hatte er ihr bei seinem Leben geschworen. Glücklicherweise roch er etwas, das nicht zu diesem wunderschönen Park gehören sollte. Er roch

Blut. Als er auf den Boden sah, erblickte er den kleinen Blutstropfen und wusste sofort, dass es ihr Blut war. Mit einem tiefen Atemzug nahm er nicht nur das volle Aroma ihres Blutes, sondern auch eine Vision oder viel mehr eine Ahnung, wo er den Rest ihres Blutes, also sie selbst, auf der Stelle genau finden konnte. Sobald er die exakte Position lokalisiert hatte, rannte er in unnatürlicher Geschwindigkeit zu ihr.

In einiger Entfernung erblickte er sie. Er konnte ihre Angst in ihren Augen sehen. Schnell versteckte er sich hinter einem Felsen, um von dort aus die Situation erst einmal zu beobachten und herauszufinden, wie er sie retten konnte. Amara wurde rückwärts von einem sehr muskulösen Mann in ein Auto mit getönten Scheiben gezerrt. Das einzige, das sie davon abhielt sich zu wehren, war das scharfe Messer an ihrem Hals. Dieses Messer war auch schon in ihren Hals eingedrungen. Dies konnte man an ihrem Bluterguss am Hals sehen, von dem der Blutstropfen, den er gerochen hatte, stammte.

Der Befreiungsversuch

Zu seinem großen Ärgernis konnte Damian leider nicht eingreifen, da der Mann mit dem Messer an ihrem Hals viel zu nah an ihr stand, ohne sie zu verletzen. Wenn er etwas unternehmen und der Mann auch nur kurz zusammen zucken würde, wäre ihre Halsschlagader durchgeschnitten und sie tot bevor sie auf dem Boden aufschlagen würde. Also blieb ihm nichts anderes übrig, als verzweifelt und hilflos mit anzusehen, wie Amara entführt wurde. Als sie und der Mann im Auto verschwanden, preschte der Wagen augenblicklich los. Diese ganze Szenerie passierte innerhalb weniger Minuten, ihm schien es als wäre eine Ewigkeit vergangen während der Entführung.

Amara hatte schreckliche Angst, als ihr ein schwarzer Sack über den Kopf gestülpt und ihre Hände gefesselt wurden. Kurze Zeit später fuhren sie mit einer raschen Geschwindigkeit weit weg. Das Schlimme daran war, dass sie keine Ahnung hatte, wo sie hinfuhren. Vor lauter Angst und Verzweiflung je diesen Alptraum loszuwerden, versuchte sie erst gar nicht auf die Kurven und die Geräusche um sie herum zu achten. Nach einer halben gefühlten Ewigkeit blieb der Van endlich stehen. Grob wurde sie gepackt und zu einem Gebäude gezerrt. Dann hörte sie, wie sich eine schwere Tür bewegte und sie wurde in einen großen feuchten Raum gestoßen. Die Männer aus dem Van fesselten sie in diesem Raum und nahmen sie ihr den Sack von ihrem Kopf. Einer der Männer grinste sie an. „Na? Hast du jetzt Angst? Dann kannst du ja deinen Freund für uns rufen.“ „Welchen Freund? Was wollt ihr von mir? Bitte lasst mich frei.“, rief sie flehentlich mit leichter Panik in der Stimme. „Na gut, wenn du ihn nicht für uns rufen willst, ist das auch kein Problem. Er wird sowieso schon sehr bald hier sein und dich befreien wollen.“ Er wollte noch mehr sagen, aber da beugte sich der andere Mann zu ihm und flüsterte ihm etwas ins Ohr. Daraufhin grinste er noch mehr, da ihm diese Neuigkeiten wohl sehr gefielen. Mit einem Kopfnicken zu seinem Komplizen verließen die beiden Männer den Raum, ohne ein weiteres Wort.

Damian ließ kaum Zeit vergehen und rannte dem Wagen gleich hinterher. Immer ein Hindernis zwischen dem Wagen und sich, um nicht entdeckt zu werden, lief er von Baum zu Baum oder hinter parkenden Autos. Er verfolgte den Wagen mit seinen Insassen bis zu einer großen Lagerhalle. Hinter einem in der Nähe der Lagerhalle stehenden Container beobachtete er die Entführer. Er wartete, seinem Gefühl nach eine halbe Ewigkeit, bis er hörte, wie der Mann und der Fahrer des Wagens eine Person aus dem Auto gefesselt hatten und danach das Gebäude verließen. Er konnte es kaum glauben, dass die Entführer es ihm so leicht machten, sie zu befreien. Ohne groß weiter darüber nachzudenken, verwandelte er sich in einen Menschen zurück und rannte zu ihr. „Amara", seufzte er erleichtert, als er sie lebend vorfand. Schnell kniete er sich vor den Stuhl, auf dem sie gefesselt war, um sie zu befreien. Aber Amara schüttelte panisch ihren Kopf, was ihn innehalten ließ. „Damian…lauf,…lauf…weg…", flüsterte sie ganz leise. Doch als Damian sich umdrehte, war es schon zu spät. Während er sich aufrichtete, flüsterte er so leise, dass Amara ihn kaum verstand: „Alles wird wieder gut. Ich bin jetzt bei dir."

Die Gefangennahme

In dem Augenblick, als die beiden Entführer seiner Amara wieder das Lagerhaus betraten, wusste Damian, wieso die Befreiung so leicht gewesen war. Durch seine Leichtsinnigkeit, ohne zu überlegen in das Gebäude zu rennen, war ihm nicht aufgefallen, dass die Entführer auf ihn gewartet hatten. Bevor er sich auch nur zu ihnen umdrehen konnte, hatten sie ihn bereits gepackt und hielten ihn mit einem Stab, der Stromstöße von sich gab, an seinem Hals in Schach. Je stärker er sich dagegen wehrte, desto mehr Strom durchfloss seinen Körper, was sehr schmerzhaft für ihn war. Trotz der Schmerzen wehrte er sich heftig, da er seine Amara schließlich befreien musste. Sein Körper jedoch versuchte sich vor diesen Stromstößen zu schützen, indem er bewusstlos wurde. Kurz bevor ihn die Dunkelheit ganz gefangen nehmen konnte, merkte er noch, wie er von ihr weggeschleift wurde. Das Letzte, das er erblickte, bevor er ganz ohnmächtig wurde, war ihr verzweifelter Blick.

Zwei Männer hielten ihn fest gepackt. Anscheinend hatten sie ihn in einen größeren Hof in der Nähe der Lagerhalle gezerrt. Er versuchte sich von den zwei Männern zu befreien, aber sie waren darauf vorbereitet. „Na, na, na! Du wirst uns doch wohl noch nicht verlassen wollen. Die Party hat ja noch nicht einmal richtig begonnen!", sagte der Mann amüsiert, während er aus den Schatten des Hofes trat. Auf einen Wink von diesem bekam Damian von einem der Männer, die ihn festhielten, einen Hieb in die Magengrube. Damian krümmte sich mit schmerzverzerrter Miene. „Das schon mal als Warnung, nichts Dummes anzustellen." „Was willst du von mir, Jabal?", krächzte Damian. „Verrate mir, wie ich ins Schloss komme.", verlangte Jabal zu wissen. „Niemals werde ich es dir verraten!", schrie Damian. „Das werden wir ja noch sehen.", grinste Jabal hämisch. Und auf ein Schnippen von Jabals Finger brachten die Männer, die ihn festhielten weg.

Jabal war der erbitterte Erzfeind von König Tritan. Schon seit Jahren versuchte er in die Burg und somit ins Schloss einzudringen und den König zu stürzen. Dieses Mal war er allerdings einen Schritt weiter gegangen und hatte die Prinzessin entführt, um sie als Druckmittel für Damian und auch den König zu benutzen. Bereits mehrfach hatte Jabal versucht Damian zum Verräter zu machen und ihn auf seine Seite zu ziehen. Aber bisher waren alle Versuche gescheitert. Damian würde alles in seiner Macht tun, um die Machtübernahme von Jabal zu verhindern und vor allem, um die Prinzessin davor zu beschützen.

In der Zelle

Zwei weitere, ihr unbekannte Männer, schleppten den ohnmächtigen und schwer verletzten Damian herbei und in dieselbe Zelle, in die Amara von ihnen gesteckt worden war, nachdem Damian versucht hatte sie aus der Lagerhalle zu befreien. Sie ließen ihn einfach ohne jegliches Mitgefühl auf den Boden fallen und fesselten ihn, etwas weiter von ihr entfernt. Als alle vier Männer gingen und die Tür hinter sich schlossen, wuchs ihre Verzweiflung.

Es fühlte sich so an, als hätte er eine längere Zeit geschlafen, nur dass er total erschöpft war. Außerdem schmerzte sein Körper ziemlich. Stöhnend setzte Damian sich langsam auf und sah sich in der düster feuchten Zelle um. Als er Amara erblickte, sah er auch, dass sie wohl geweint haben musste. Er wollte versuchen sie zu beruhigen. Um dies zu erreichen, rückte er näher an sie heran. Er kam aber leider nicht sehr weit, da er feststellen musste, dass sein linker Arm an eine Stange an der Wand gekettet war.

Bisher hatte Amara ihren Kopf zwischen ihren Beinen eingeklemmt, doch als sie seine Fesseln auf dem Boden schaben hörte, sah sie ihn kurz traurig an und wendete ihren Kopf wieder von ihm ab. Damian verfluchte sich innerlich für dieses ganze Schlamassel, in das er sie hineingezogen hatte. So leicht aber wollte er noch nicht aufgeben. Deswegen rutschte und streckte er sich, soweit es eben mit einem angeketteten Arm und seinen Verletzungen ging, so nah wie möglich an sie heran. „Alles so weit in Ordnung bei dir? Bist du verletzt?“, flüsterte er sanft. Sie sah ihn abermals traurig an, schüttelte den Kopf und schloss die Augen. „Du brauchst dir keine Sorgen zu machen. Ich werde uns beide hier schon irgendwie herausbringen.“, sagte er beruhigend. Sie wendete abermals ihren Kopf von ihm ab.

„Ahh…warum gehst du so hart mit einem Verletzten um?“, stöhnte Damian, als Amara ein nasses Tuch fest auf seine Wunden drückte. Sie hatte ihn, soweit seine Fesseln dies zuließen, durch den Raum geschleift. Er war zu schwer verletzt, um selbst zu laufen. Während er wegen seiner schweren Verletzungen kurz vor der Ohnmacht stand, hatte sie ihn auf eine provisorische Matratze, die in dieser Zelle lag, gelegt. Nun versuchte Amara neben ihm kniend seine Wunden mit einem in Wasser getauchten Tuch zu säubern. Dabei ging sie aber nicht sehr sanft vor. „Ich hatte versucht dich davor zu warnen. Sie hätten dich töten können! Du hättest sterben können!“, flüsterte sie, den Tränen nahe. „Ich muss dich beschützen. Ich kann es nicht ertragen, dich zu verlieren“, antwortete er mit zusammengebissenen Zähnen und versuchte sich aufzurichten. „Du bist verletzt. Du musst dich ausruhen.“, sprach sie energisch und versuchte dabei ihre wachsende Angst um ihn zu verbergen. Er konnte sich kaum bewegen wegen seiner Verletzungen am ganzen Körper.

Nach ein paar Stunden, er wusste nicht genau wie lange, denn ihre Entführer hatten ihnen alles abgenommen, kamen zwei Männer in die Zelle. Nach der ängstlichen Reaktion von Amara zu urteilen, kannte sie diese bereits. Diese Männer befreiten ihn von seinen Fesseln, packten und zerrten ihn durch schmale Gänge.

Die Folter

Als Damian wieder zu sich kam, musste er feststellen, dass er an Armen und Beinen auf einem Eisengestell gefesselt war. Dann begannen die Schmerzen, die so heftig waren, sodass er keine Chance hatte, sich nicht dagegen wehren zu können, seine Seele aus dem Leib zu schreien.

Das Nächste, das er mit seinem sehr guten Gehör registrierte, nachdem er wieder zu Bewusstsein kam, waren Schritte, die direkt auf ihn zukamen. Außerdem konnte er zwei verschiedene Gerüche wahrnehmen. Der eine Duft war wunderschön, so liebevoll und so berauschend. Es war Amaras Duft. Jedoch hatte dieser Duft einen etwas bitteren Beigeschmack. Es war ihre Angst. Dies schürte die Wut in seinem Inneren und ließ sich kaum zurückhalten. Denn wer etwas, was er liebt, verletzt oder verängstigt, wird dafür büßen. Doch der andere Duft war noch schlimmer. Es war der Duft von Jabal. Jabal so nah bei seiner Amara ließ ihn wahnsinnig vor Angst um sie werden. Augenblicklich wehrte Damian sich gegen seine Fesseln, um Amara von ihrem Entführer zu befreien, der sie festhielt. Dabei dachte er ausschließlich nur an ihr Wohlergehen und überhaupt nicht an sein eigenes. Sehr schnell merkte er, dass es zwecklos war, weiter dagegen anzukämpfen. Eine Person wurde in den Raum, in dem Damian immer noch gefesselt war, geschleift. Als dann beide vor ihm standen, wurde diese Angst noch größer. Sofort erkannte er seine Amara, als sich sein Blick schärfte. Jabal hielt seine Amara gefangen. Er hielt sie mit einer Hand an ihrem Hals fest, sodass sie sich keinen Schritt bewegen konnte. Amara versuchte erst gar nicht, sich zu befreien. Seine Verzweiflung stieg noch weiter an. Damian konnte sie nicht aus diesem Griff befreien und somit auch nicht vor der Gefahr beschützen, da er immer noch in dem Eisengestell gefangen war. Er hörte ihr Herz wie wild klopfen. Er wollte wissen, wie es ihr erging und sie durch seinen Blick etwas beruhigen. Weshalb er sich nur noch auf ihre Augen konzentrierte, um dadurch in ihnen ihre Gedanken zu lesen. Damian sah ihr in die Augen und wollte ihr irgendwie übermitteln, dass er sie liebte und er alles Mögliche unternehme, damit alles für sie gut werden würde. Da bemerkte er ihre geschwollenen Augen vom heftigen Weinen und er begriff, dass Amara durch die dünnen Wände dieses Kerkers seine Schmerzensschreie gehört hatte. Daraufhin versuchte er ihren Blick auf sich gefangenzuhalten, damit sie seine Wunden nicht sah. Somit war Damian für kurze Zeit abgelenkt. Dieser Augenblick jedoch reichte aus. Jabal nutzte dies aus, um blitzschnell etwas in Amaras Hals zu bohren. Es ging so schnell, sodass Damian keine Zeit hatte, um zu reagieren. Aber als er ihren verängstigten Blick sah, warf er sich erneut gegen die Fesseln. Dieses Mal nutzte er auch seine Verzweiflung, sie nicht retten zu können, und seine unbändige hilflose Wut, um sich damit weitere Kraft zu verleihen. Als Damian sich diesmal mit wütendem und schmerzverzerrtem Gebrüll in einen Gorilla verwandelte und sich mit dieser Kraft dagegen warf, konnte er die Fesseln aufsprengen. Mit demselben Schwung riss er Jabal von Amaras Hals los.

Das Gift

Er hatte zwar noch vorgehabt mit Jabal brutal zu kämpfen, aber dieser floh etwas hin und her schwankend so schnell er konnte. Damian knurrte ihm noch sehr wütend hinterher, verfolgte ihn aber nicht, denn er musste sich um seine verletzte Amara kümmern. Also verwandelte er sich in einen Menschen zurück und drehte sich nach ihr um. Amara war inzwischen kraftlos an der Wand zu Boden gerutscht und lag nun ohnmächtig auf dem Boden. Bei diesem Anblick bekam er eine schreckliche Todesangst. Er konnte ihren Herzschlag kaum noch hören und aus der Wunde an ihrem Hals floss sehr viel Blut. Sie durfte nicht sterben! Schnell legte er seine Hand ganz fest auf die Wunde, um zu versuchen das Blut zu stoppen. Aber als er sich ganz nah zu ihr hin beugte, konnte er auf einmal etwas sehr Merkwürdiges an ihr riechen. Damian glaubte, dieser unbekannte, und doch verwirrend bekannte, Geruch würde von ihrem Blut ausgehen. Eine böse Vorahnung nistete sich in seine verängstigten Gedanken ein. Um diese Vermutung so schnell wie möglich ausschließen zu können, leckte er mit seiner Zunge ganz kurz über seine Finger, die mit ihrem Blut übersät waren. Er musste schaudern. Seine böse Vorahnung wurde bestätigt. Damian schmeckte, mit seinen ebenfalls stark ausgeprägten Geschmackssinnen, ein Gift in ihrem Blut. Er erkannte dieses Gift.

Und nur, um ihm große Schmerzen zu bereiten, hatte Jabal Amara vor seinen Augen das Gift initiiert. Er bekam Panik. Dieses Gift würde sie töten, da sie als Mensch zu schwach war, um sich gegen so ein starkes Gift wehren zu können. Er musste etwas dagegen tun! Er musste einen Weg finden sie zu retten! Plötzlich kam ihm eine Idee. Er beugte sich erneut zu ihr runter und legte ganz behutsam die Lippen an ihr Ohr. „Es wird alles wieder gut.", flüsterte er mit so viel Zuversicht, wie er in diesem Moment aufbringen konnte, und küsste sie ganz sachte.

Dann verwandelte sich Damian in eine Vampirfledermaus und biss in ihren Hals. Damian ließ seine Zähne ganz vorsichtig in ihre Wunde hineingleiten. Er wollte Amara nicht noch mehr verletzen, als sie ohne hin schon war. Jetzt begann er ihr Blut, das mit dem Gift verunreinigt wurde, zu trinken. Dies dauerte so lange, bis er in ihrem Blut keinen Tropfen von dem Gift mehr schmeckte. Zufrieden, sie nun vor dem Gift gerettet zu haben, zog er ebenso behutsam seine Zähne aus ihrem Hals raus und leckte mit seiner Zunge über die Wunde. Daraufhin begann sich die Wunde von selbst zu schließen. Während dieser Zeit blieb sie ohnmächtig, was sehr gut war, denn sonst wäre es schwieriger gewesen dies zu tun, wenn sie sich bewegt hätte. Sein Instinkt aber sagte ihm, es wäre noch nicht überstanden. Damian verwandelte sich zurück in einen Menschen, um sie wieder in die Arme nehmen zu können.

Das Blut

Da ihr Herzschlag immer noch so langsam und sie noch nicht aus der Ohnmacht aufgewacht war, konnte irgendetwas immer noch nicht stimmen. Da fiel es ihm ein. Amara brauchte neues Blut! Während der letzten Minuten hatte sie viel zu viel Blut verloren. In diesem Fall wusste er sofort, was zu tun war, um sie auch vor dieser Gefahr zu beschützen. Damian brachte sich mit einem herumliegenden Messer eine große Wunde an seinem Handgelenk bei, aus der sofort jede Menge Blut floss, und drückte es an ihren Mund. Er zwang sie dazu sein Blut zu schlucken, um ihren Blutverlust ausgleichen zu können. Sein Blut war sauber, obwohl es gerade sehr viel Gift aufgenommen hatte. Sein unmenschlicher Körper arbeitete anders als Amaras menschlicher Körper. Das Gift, das er geschluckt hatte, verteilte sich nicht zuerst in seinem Blut, sondern gleich auf die Lungen über. So bewirkte das Gift keinen Herzstillstand, wie bei Menschen, sondern nahm ihm die Luft zum Atmen. Wegen seiner schnellen Selbstheilungskräfte schloss sich die

Wunde an seinem Handgelenk sehr schnell, was auch den Blutfluss stoppte. Deshalb musste Damian sich mehrmals die Wunde an seinem Handgelenk aufreißen, um Amara weiterhin sein Blut einflößen zu können. Dies würde auf seiner Haut eine Narbe hinterlassen, was ihn momentan aber nicht störte. Damian wiederholte diese Prozedur so lange, bis ihr Herzschlag wieder regelmäßig schlug und in seinen Ohren sich so anhörte, wie zuvor. Er legte sich ganz nah neben Amara. Er versuchte ein wenig ihren Körper mit seinem Körper zu wärmen und hoffte insgeheim, dass sie so schneller aus ihrer Ohnmacht erwachen würde. „Amara! Komm zu mir zurück. Bitte,…wach auf! Komm zurück!", flehte Damian flüsternd in ihr Ohr. „Du darfst mich nicht verlassen. Jedenfalls nicht so…Ich würde es nicht ertragen, wenn du mich einfach so verlassen würdest…Komm zu mir zurück!…Amara!"

Sie hatte zwar versucht, ihre Augen offenzulassen, aber sie kam nicht gegen die stärker werdende Ohnmacht an. Amara hatte nicht gewollt, dass es so für sie beide Enden würde. Sie hatte sich, seit sie Damian getroffen und lieben gelernt hatte, eine wundervolle Zukunft vorgestellt. Aber so wie es jetzt aussah, würde sie direkt vor seinen Augen sterben. Damian würde bestimmt auch nicht lange durchhalten, wenn sie leblos am Boden vor ihm liegen würde. Er würde sich vermutlich mit Freuden der Folter hingeben, wenn er nicht sogar dabei nachhelfen würde, nur um schnellstmöglich nach dem Tod bei ihr zu sein. Sie konnte nicht einmal den Gedanken daran ertragen, ihn zu verlieren oder sterben zu sehen. Nun war es jedenfalls zu spät, daran etwas zu ändern. Sie würde in ein paar Sekunden sterben. In ihren letzten Augenblicken ihres Lebens aber wollte sie Damian noch mit ihrem liebevollen Blick zu verstehen geben, dass sie ihn liebte und er sich keine Sorgen mehr um sie zu machen bräuchte. Jedoch konnte Amara an seinem Blick erkennen, dass ihre Botschaft nicht angekommen war. Sie sah geschockt dabei zu, wie er sich mithilfe seiner Wut, sie hilflos sterben sehen zu müssen, in einen Gorilla verwandelte. Sie wollte ihn noch mit Rufen davon abhalten, doch die Ohnmacht hatte sie schon fest in der Hand. Sie hörte nur noch einen lauten Knall und dann war um sie herum nur noch Dunkelheit.

Die Rettung

„…Komm…zurück…mich nicht verlassen…zurück…Amara…“. Auf einmal hörte sie diese Stimme. Sie war sehr weit entfernt. Sie versuchte zu ihr zu gelangen und versuchte die Dunkelheit bei Seite zu schieben. Als Amara endlich die Stimme erkannte, strengte sie sich noch mehr an, sie zu erreichen. Ihre Bemühungen zeigten nach einer Weile erstaunlicherweise eine Wirkung. Auf einmal war die Dunkelheit, die sie bisher umgeben hatte, nicht mehr so sehr dunkel aus, sondern wurde mit jedem Schritt ein wenig heller. Schließlich hatte sie endgültig die Dunkelheit vertrieben und konnte sogar ihren Körper wieder spüren. Sobald Amara ihre Augen wieder gefunden hatte, versuchte sie sie zu öffnen, um das Gesicht hinter dieser wunderschönen Stimme sehen zu können.

Plötzlich zuckte einer ihrer Finger in seiner Hand. Er wagte es kaum jetzt schon Hoffnung daraus zu schöpfen. Damian konnte es erst glauben, dass Amara wieder zu sich kam, als ihre Augen zu blinzeln begannen. Als sie endgültig wach war, flüsterte Damian ihr liebevoll ins Ohr: „Du bist wach! Ich hatte solche Angst um dich…Schön, dass es dir gut geht…Ich liebe dich!…". Amara richtete sich mit seiner Hilfe langsam auf und lehnte ihren Rücken an seine Brust. Er schloss sie sofort in seine Arme. „Ich liebe dich auch.", flüsterte sie ebenfalls liebevoll zurück. Sie küssten sich kurz und sanft, bevor sie sich weiter umarmten und in dieser Haltung eine Weile an der Wand gelehnt saßen. Mehr musste nicht zwischen ihnen gesagt werden, sie verstanden sich auch ohne Worte. Jedoch ohne jede Vorwarnung spürte Damian, von einer Sekunde auf die andere, einen brennenden Schmerz in der Brust. Er wusste sofort, dass das Gift nun anfing zu wirken und ihn qualvoll ersticken ließ. Obwohl die Schmerzen immer stärker und somit immer unerträglicher wurden, versuchte er sie vor Amara zu verbergen. Sie sollte unter keinen Umständen erfahren, dass sozusagen sie ihn durch diese Initiierung des Giftes nun dem Tod näher gebracht hatte. Um sich von dem Kampf in seinem Inneren gegen das Gift abzulenken, umarmte er sie noch fester und sog ihren wundervollen Duft ein. Als der Schmerz auf einmal so unerträglich stark war, konnte er es nicht verhindern. Er zuckte zusammen. Da Amara an ihn gelehnt war, spürte sie es natürlich sofort. Sie drehte sich zu ihm, um in seinem Blick den Grund dafür lesen zu können. „Was ist los?“, fragte sie besorgt. Doch als sie sein blasses Gesicht und seine vor Schmerz verzerrte Mine bemerkte, rief sie erschrocken: „Was ist mit dir?!…Warum bist du so blass?…Sag es mir! Bitte!“. „Es ist alles in Ordnung. Sorge dich nicht um mich.“, presste Damian zwischen zusammengebissenen Zähnen hervor. Er versuchte sie mit einem kleinen Lächeln zu beruhigen. Doch es war nur ein schmerzverzerrtes Lächeln und kein sorgloses. Amara ließ sich nicht beirren. Sie sah nur noch besorgter aus. „Sage es mir!“, forderte sie schlicht. Damian schüttelte den Kopf. Doch nun brach ihm der Schweiß aus. „Damian!“, schrie sie erschrocken auf. „Es ist…das Gift. Das…, dass ich dir ausgesaugt habe…, um dich…zu retten.“, krächzte Damian. An ihrem Gesicht konnte er sehen, wie das Begreifen, über die Bedeutung seiner Worte und seiner Tat, langsam einsetzte. „Was?…Nein!…Nicht!“, waren die einzigen Worte, die Amara noch von den Lippen kamen, bevor sich die Tränen in ihren Augen sammelten und unaufhörlich an ihren Wangen entlang flossen.

Das Ende?!

Angesichts ihrer großen Sorge um ihn waren seine Schmerzen vergessen. Damian nahm sie tröstend in die Arme und sagte nichts weiter dazu. Kurz darauf waren sie an der Wand entlang zu Boden gerutscht. Nun lag Damian ausgestreckt mit dem Rücken auf dem Boden und Amara lag auf der Seite, ganz nah neben ihm, immer noch in seiner Umarmung. Nach einer Weile, während sie so da lagen, begann Damians ganzer Körper zu zittern. Er konnte es nicht verhindern. Amara wusste nicht, sie ihm helfen könnte, also rutschte sie, so nah wie sie konnte, zu ihm und klammerte sich an ihn. Sie versuchte ihre Verzweiflung zu unterdrücken, aber ihre Tränen konnte sie nicht stoppen. Also flossen diese, während der ganzen Zeit, unaufhörlich und leise an ihrer Wange hinunter.

Das Ende kam viel zu schnell. „Ich…liebe… dich!“, krächzte Damian stockend so leise, dass sie ihn kaum verstand. Bevor Amara auch nur darauf reagieren konnte, spürte sie, wie seine Arme um ihren Körper erschlafften und zu

Boden glitten. Als sie den Kopf hob, musste sie mit Erschrecken feststellen, dass sein Kopf schlaff und leblos auf der Seite, von ihr abgewandt, lag. Schnell legte Amara ihr Ohr auf seine Brust. Damians Herz gab noch zwei Schläge von sich, bevor sein letzter Atemzug aus seinen Lungen entwich. Nichts regte sich mehr. Er war Tod…und es war ihre Schuld. Er war für sie gestorben. Ihr Herz brach entzwei und sie wusste, es würde niemals mehr heilen. Amara lag auf Damians Brust und weinte. Sie weinte, bis sein T-Shirt nass war, und noch mehr. Amara konnte einfach nichts anderes tun. Es war das Einzige, wozu sie noch imstande war. Als es ihrem Verstand langsam dämmerte, dass er nicht mehr zurückkommen, sie niemals mehr küssen oder in die Arme nehmen würde, wurden die Schmerzen in ihrem Herzen über diesen großen Verlust unerträglich. Sie versuchte all dies mit Erinnerungen zu betäuben: Erinnerungen, wie er sie liebkoste, das Gefühl von seiner Wärme und Stärke, seine Hände, die ihr Gesicht umfassten, bevor er sie küsste und viele mehr. Als sie sich von diesen Erinnerungen überrollen ließ, sah sie sich sein Gesicht an. Sie wollte sich jedes Detail von ihm für immer einprägen und es niemals vergessen. Er sah so friedlich aus, als ob er nur eben kurz eingeschlafen wäre und jederzeit aufwachen würde. Jedoch würde er niemals mehr aufwachen. Sie ließ es zu, dass ihre Tränen sein Gesicht benässten, an seiner Wange hinabrollten und sein geöffneter Mund sie auffingen. Irgendwann als ihre Tränen versiegten und sie einfach nicht mehr imstande war eine zu vergießen, beugte sie sich zu ihm, schloss die von ihren Tränen verquollenen Augen und küsste ihn ein letztes Mal so liebevoll und zart wie immer.

Amaras Tränen

In dieser Zeit geschah etwas Unerklärliches in seinem Körper. Amaras Blut, also ihr Lebensinhalt, und ihren von Erinnerungen an sie beide getränkten Tränen in seinem Körper ließen eine so starke Verbindung zu ihr entstehen, die stärker als das Gift wurde. Diese unglaublich starke chemische Verbindung drängten das Gift aus Damians Körper und die Tatsache, dass er für sie gestorben war, ließen eine Verbindung zwischen ihnen beiden entstehen. Diese Verbindung war zuerst nur ein ganz dünner hauchzarter Faden, der mit jeder ihrer geweinten Erinnerungen, die sie ihm unwissentlich einflößte, stärker und stärker wurde.

Der Faden wurde sogar so stark, dass er ihre Erinnerungen in der Dunkelheit seines Todes vor sich glasklar sehen konnte. Damian kämpfte sich Stück für Stück näher an diese Erinnerungen und drängte die Dunkelheit immer mehr zurück. Mit jedem Schritt, den er sich an dem dicker werdenden Faden, zu ihren Erinnerungen zog, konnte er mehr und mehr von seinem Körper spüren. Ihre Erinnerungen und ihre untrügliche Liebe zu ihm ließen nicht nur eine Verbindung zwischen ihren Gedanken entstehen, sondern holten ihn auch vom Tode zurück.

Mit einem tiefen Atemzug richtete Damian sich plötzlich auf und kam zum Leben zurück. Amara, die noch von ihrem Abschiedskuss über ihn gebeugt war, erschreckte diese Reaktion so sehr, dass sie ganz schnell an die gegenüberliegende Wand auswich und sich vor Angst stocksteif an sie presste. Damian holte erst einmal mit geschlossenen Augen ein paar Mal tief Luft und genoss das Gefühl wieder am Leben zu sein und das Gift besiegt zu haben. Nach einer Weile tauchte vor seinen geschlossenen Lidern ein etwas verzerrtes und verschwommenes Bild von ihm selbst, wie er vor einer Wand aufrecht mit geschlossenen Augen saß und einfach nur atmete, auf. Außerdem überkam ihn ein Gefühl von Furcht. Langsam begriff Damian, dass dieses Bild und dieses Gefühl nicht aus seinen Gedanken entsprungen war und jemand bei ihm war, der ihn beobachten und ihm dieses Bild und Gefühl zukommen lassen musste. Vorsichtig tastete er mit seinen anderen Sinnesorganen seine Umgebung ab und bemerkte, dass ganz nah neben ihm, jemand anderes zittrig ein- und ausatmete. ...

RONJA KING

Ronja King lebt und arbeitet in München. Sie schreibt in ihrer Freizeit ihre eigenen Geschichten.

Weitere Informationen zu Autorin und Buch unter:
https://www.facebook.com/RonjaKing96